I0686661

EXCENTRIQUES

ET

GROTESQUES LITTÉRAIRES

DE L'AGENAIS

PAR

JULES ANDRIEU

SECRÉTAIRE PERPÉTUEL DE LA SOCIÉTÉ DES SCIENCES, LETTRES ET ARTS D'AGEN

OFFICIER DE L'INSTRUCTION PUBLIQUE

PARIS

ALPHONSE PICARD ET FILS, ÉDITEURS

82, rue Bonaparte, 82

—

1895

EXCENTRIQUES

ET

GROTESQUES LITTÉRAIRES

DU MÊME AUTEUR :

Jasmin et son Œuvre. Esquisse littéraire et bibliographique (Agen, 1881, in-8°),

Origine agenaise des Concours agricoles (Ibid., 1883, gr. in-8°).

La Censure et la Police des livres en France sous l'ancien régime (Ibid., 1881, gr. in-8°).

Un Châtiment singulier (Ibid., 1885, gr. in-8°).

Un Amour d'Henri IV. Capchicot, légende et histoire (Ibid., 1885, gr. in-8°).

Les Oubliés (Agen, Paris et Villeneuve-sur-Lot, 1885-1891, 3 séries in-8°).

Histoire de l'Imprimerie en Agenais depuis l'origine jusqu'à nos jours (Paris et Agen, 1886, gr. in-8°).

Théophile de Viau. Étude bio-bibliographique, avec une pièce inédite du Poète et un tableau généalogique (Paris, Bordeaux et Agen, 1887, gr. in-8°).

Bibliographie générale de l'Agenais et des parties du Condomois et du Bazadais incorporées dans le département de Lot-et-Garonne (Paris et Agen, 1886-1891, 3 vol. gr. in-8°).

Ouvrage couronné en 1888 par l'Académie des Sciences, Belles-Lettres et Arts de Bordeaux (Médaille d'or).

Une Province à travers les siècles. — Histoire de l'Agenais (Ibid., 1893, 2 vol. gr. in-8°).

Ouvrage couronné en 1891 par l'Académie de Bordeaux (Rappel de médaille d'or).

La Révolte des Croquants de 1637. — Madaillan (de La Sauvetat) et les ducs d'Epernon (Agen, 1894, gr. in-8°).

EXCENTRIQUES

ET

GROTESQUES LITTÉRAIRES

DE L'AGENAIS

PAR

JULES ANDRIEU

SECRÉTAIRE PERPÉTUEL DE LA SOCIÉTÉ DES SCIENCES, LETTRES ET ARTS D'AGEN

OFFICIER DE L'INSTRUCTION PUBLIQUE

PARIS

ALPHONSE PICARD ET FILS, ÉDITEURS

82, rue Bonaparte, 82

—

1895

EXCENTRIQUES

ET

GROTESQUES LITTÉRAIRES

DE L'AGENAIS

On s'est plusieurs fois occupé de littérature et de biblio-graphie excentriques.

Après Nodier, qui écrivit deux piquantes notices sur ce sujet dans le *Bulletin du Bibliophile* ; après Octave Dele-pierre et son *Histoire littéraire des Fous* (Londres, 1860, in-8°), un maître en bibliographie, Gustave Brunet (*Philom-neste Junior*), de Bordeaux, a publié un curieux ouvrage : *Les Fous littéraires. Essai bibliographique sur la litté-rature excentrique, les illuminés, visionnaires*, etc. (Bruxelles, 1880, in-8°). Plus récemment encore, un biblio-phile de Cahors a présenté quelques joyeuses silhouettes d'aliénés [1], et c'est en grand nombre, d'ailleurs, que pour-raient être cueillies çà et là d'autres notices éparses.

Je me garderais bien d'oublier les brillantes pages que Théophile Gautier a réunies sous ce titre : *Les Grotesques* (Paris, 1884, in-8°), et qui ont eu de si nombreuses éditions. On ne saurait être plus spirituel assurément que ne s'est

---

[1] Louis Greil, *Les Fous littéraires du Quercy* (2e édition : Cahors, 1886, petit in-8°).

montré Gautier dans cette galerie grimaçante devenue célèbre. Il a même certainement outré la note et dépassé la
mesure en y faisant coudoyer, pour une simple peccadille de
mauvais goût, Scalion de Virbluneau, sieur d'Ofayel, par
Théophile de Viau, un poète savoureux dont la valeur, quoi
qu'en ait dit Boileau, ne peut pas être contestée [1].

Une histoire documentée de la littérature excentrique est
encore à faire. Elle mériterait de tenter une bonne plume
de chercheur et d'humoriste et serait accueillie sans doute
avec empressement par une foule de curieux.

L'extravagance littéraire a multiplié les surprises de toutes
sortes. Fous, toqués, grotesques, abstracteurs et détraqués
nous ont fourni depuis longtemps des échantillons variés,
inouïs de toutes les aberrations, de toutes les incohérences
possibles.

Mais dans une monographie des divagations de l'esprit,
deux catégories s'imposeraient, deux sections distinctes seraient de rigueur : d'une part, les déments, les hallucinés,
les visionnaires, tous ceux enfin qui relèvent d'un cas pathologique, tous ceux dont les facultés mentales sont plus ou
moins troublées et dont la liberté morale est plus ou moins
atteinte ; d'autre part, les sots prétentieux, les ignorants
ridicules, les simples *Grotesques*.

Ces derniers, les plus nombreux, sont aussi les moins
excusables. Les autres peuvent inspirer quelque pitié, voire
parfois quelque sympathie ; mais ceux-ci ne sont justiciables
que de la risée publique.

Grotesques, ces pseudo-poètes ignares, rimaillant sotte-
ment sans notions prosodiques, sans inspiration, sans apti-

---

[1] Gautier a donné pour compagnons à Théophile : Colletet, Villon, etc. L'étude est
sérieuse, en dépit de sa forme paradoxale. L'auteur des *Grotesques* est même revenu
plus tard sur le poète agenais, dans un chapitre remarquable de ses *Poètes français*
(t. II, 1861).— V. Jules Andrieu, *Théophile de Viau. Etude bio-bibliographique, avec
une pièce inédite du Poète et un tableau généalogique* (Agen et Bordeaux, 1887, in-8o).

tudes ; grotesques, ces écrivailleurs étrangers à la syntaxe, qui, dépourvus de toutes connaissances spéciales, sans études préalables ni soupçon de science, s'érigent en réformateurs et en apôtres.

En aucun temps, ce travers étonnant ne prit des proportions plus considérables. Les *Grotesques littéraires*, en effet, nous envahissent par légions. La presse en regorge ; le livre aussi. C'est une crise étrange, qui menace, hélas ! de se prolonger indéfiniment.

En Agenais, comme ailleurs, l'excentricité littéraire a cruellement sévi, et dans la *Bibliographie générale de l'Agenais*[1] j'ai été conduit à en signaler brièvement au passage de nombreux cas bien caractérisés.

En y revenant aujourd'hui, je n'entends certes pas épuiser le sujet, et moins encore troubler la présomptueuse quiétude des *Grotesques* contemporains. Mon projet vise uniquement l'ébauche de quelques types disparus. Ce n'est donc qu'une simple contribution à l'histoire générale de cette littérature bizarre dont les tristes ou plaisants chapitres seront sans doute écrits un jour.

*
* *

Parlons d'abord des poètes, naturellement les plus nombreux en bibliographie grotesque : le langage rimé, la cadence des vers ont des charmes que goûte même l'inconscience.

---

[1] Paris et Agen, 1886-1891, 3 vol. gr. in-8°.

I

DARODES DE LILLEBONNE

(DE MÉZIN)

L'épopée à majestueuse allure, aux grandes envolées d'âme a toujours tenté la verve titubante des excentriques.

Celui-ci s'appelait exactement : D'Arodes de Lillebonne (Jean-Marie-Gabriel) et était né près de Mézin en 1781. Il publia un poème colossal :

— *La Clovisiade, ou le Triomphe du Christianisme en France. Poème héroïque dédié à la France catholique et guerrière, sous les auspices de la Reine des Anges.* — Paris, 1827, in-8° de 233 pp. pour les sept premiers chants ; 1828, in-8° de 110 pp. pour les 8e, 9e et 10e chants ; 1829, in-8° de 74 pp. pour les 11e et 12e chants.

C'est bien, je crois, tout ce qui parut de ce poème, dont la dernière partie, de 1829, est chiffrée par erreur 331 à 404, au lieu de 349 à 422.

En voici le début :

> « Je chante ce bienfait que l'univers atteste,
> Les combats d'un héros, son changement céleste,
> Ce pouvoir dont l'éclat, chéri de nos aïeux,
> Dissipa le prestige et l'erreur des faux dieux,
> Et qui, de Lucifer éclipsant la puissance,
> Unit la France au ciel et le ciel à la France. »

L'entreprise, hélas ! fut désastreuse pour l'auteur.

J'ai dit de lui dans la *Bibliographie de l'Agenais* :

Propriétaire de l'important domaine du Tourouna, près Mézin, il aurait doucement vécu dans l'aisance si la fureur de rimer ne l'avait aussi complètement possédé. Abandonnant la gestion de ses biens à des étrangers insouciants ou peu fidèles, il devait aboutir fatalement à la ruine.

Pendant bien des années, Darodes de Lillebonne fit, chaque matin, deux kilomètres pour aller entendre la messe à Mézin et donner au public le spectacle d'une attitude extatique. Le reste de ses journées était invariablement consacré à la poésie.

La publication de son immense poëme de la *Clovisiade* acheva de perdre une situation déjà fort compromise ; les souscripteurs devinrent de plus en plus rares, et le malheureux poète, forcé de vendre ses biens, s'achemina vers Paris, où l'attendait la misère et où la mort vint le frapper dans une pauvre mansarde.

Darodes de Lillebonne, victime de la folie des vers, mourut en 1838.

C'est la seule des grandes extravagances poétiques faites pour inspirer la terreur dont je veuille parler, délaissant bien des énormités d'autrefois justement oubliées, telles que *Le Decez ou Fin du Monde, divisé en trois Visions*, de Guillaume de Chevalier [1] (Paris, 1583, in-4°) ; *La Mariade,... sur les louanges de la très saincte et très sacrée Vierge Marie...*, d'Antoine de La Poujade (Bordeaux, 1604, in-12), etc. — Je m'abstiens même de citer les autres débauches épiques modernes, comme *Louis le Bienfaisant, Poëme en* xiv *chants*, de l'abbé Contenson, d'Auvillars (Toulouse, 1819, in-8°) ; *Saint François-Xavier, ou Conquête de l'Inde et du Japon, Poëme en douze chants*, de l'abbé Malateste, de Villeneuve (Paris et Agen, 1875, in-12), etc.

---

[1] Je regrette d'avoir omis le nom de ce poëte apocalyptique dans le mémento littéraire du xvi° siècle de mon *Histoire de l'Agenais* (Paris et Agen, 1893, 2 vol. gr. in-8°). — V. la *Bibliographie de l'Agenais*, art. *Chevalier*, t. i, p. 169.

II

UNE ODE MISE A MAL

Il est une ode superbe et presque célèbre de Méry : *Bonaparte et Murat*[1], qui a le don d'exciter l'envie des pseudo-lyriques. Les uns l'imitent (?), d'autres l'adaptent (!) et les plus osés la reproduisent effrontément, avec quelques variantes étourdissantes.

Plusieurs cas de cette toquade étrange pourraient être signalés. Je n'en mentionnerai qu'un seul :

En 1872, la petite ville de Mézin (Lot-et-Garonne) inaugura une statue érigée au général de Tartas, un Mézinais très populaire, né le 1er avril 1796, mort le 29 février 1860[2].

La cérémonie, qui eut lieu le 8 septembre, était à peu près terminée, lorsqu'on vit un grave personnage, correcte-

---

[1] Dédiée à la comtesse de Lipona, sœur de Napoléon et veuve de Murat, cette ode, improvisée à Florence par le prodigieux poète, se trouve notamment au chapitre *Italie* du recueil : *Les Nuits italiennes,* dont la première édition est de 1853 (Paris, in-8°) et qui a été souvent réimprimé.

[2] Le général Emile de Tartas, dont la bravoure était devenue proverbiale, avait fourni en Afrique une carrière militaire des plus brillantes et s'était distingué dans une foule de combats, notamment à Maoussa, en 1841, et à Isly, en 1844. — Commandant du département de Lot-et-Garonne en 1847, député à l'Assemblée nationale en 1848, il avait été mis à la tête de la 14ᵉ division militaire en 1853.

V. sur le général de Tartas : *Biographie de l'Arrondissement de Nérac,* par Samazeuilh (Nérac, 1857-1861, in-18) ; *Le Général de Tartas, et Récit de ses exploits militaires en Afrique d'après sa correspondance, et d'après le témoignage des documents officiels et de plusieurs de ses Compagnons d'armes,* par l'abbé Barrère (Paris et Bordeaux, 1860, in-12), etc.

ment vêtu, gravir solennellement les marches de l'estrade
d'honneur, saluer l'assistance et dérouler un imprimé qu'il
se mit à lire d'une voix vibrante :

ODE AU GÉNÉRAL DE TARTAS.

Dès la première strophe de cette pièce délirante, l'éton-
nement du public devint de la stupéfaction. On murmura
d'abord, puis on rit ; et la lecture s'acheva plus ou moins
dans un bruyant succès de folle hilarité.

On ne saurait imaginer, en effet, entreprise aussi bouffonne.
Il s'agissait, tout simplement, d'une adaptation, que dis-je ?
d'un burlesque travestissement de l'ode de Méry. Le malheureux plagiaire avait défiguré de la façon la plus excentrique
les beaux vers de *Bonaparte et Murat*, dont l'altération
dépassait les bornes cependant bien lointaines de la sottise.

Cette pièce extravagante a pour titre exact :

— *Ode au Général de Tartas pour l'inauguration du Monu-
ment érigé à sa mémoire par la reconnaissance de ses compatriotes* (Nérac, impr. L. Durey, s. d. [1872], in-8° de 5 pp.)

Cela n'est pas signé. On affirme que l'auteur, anonyme et
modeste, était alors instituteur à Mézin.

Je n'insiste pas à cet égard, mais j'estime qu'il serait re-
grettable pour l'histoire des aberrations littéraires qu'une
telle œuvre se perdît. L'imprimé, devenu très rare, disparaî-
tra peut-être bientôt. Je n'hésite donc pas à reproduire les
parties copiées, en distinguant les variantes et avec les vers
de Méry en regard.

La comparaison des deux textes me paraît capable de
procurer aux curieux quelques instants d'irrésistible et
douce gaîté :

ODE AU GÉNÉRAL DE TARTAS

I

TARTAS, MÉZIN : deux noms, étoiles fraternelles !
L'un grand, tout rayonnant de lueurs éternelles,
Baptisé mille fois sous le feu du canon,
S'est éteint dans la paix ; mais de Tartas qui tombe
Gardant le souvenir, l'autre franchit la tombe
Pour hériter de *ce grand* nom.

II

Mézin ? ce nom *Tartas* quand la main le crayonne
Sur le grossier vélin comme un astre rayonne.
Jamais nom *Mézinais* n'eut des destins si beaux ;
Si la France perdait l'éclat qui la décore,
Ce nom étincelant l'embraserait encore
Comme un soleil sur des tombeaux.

. . . .

VIII

Qu'on aille à Tombouctou, la ville fabuleuse,
Où le Niger étend son onde nébuleuse,
Prononcer de grands noms, des noms grecs ou romains ?
Aucun ne touchera le stupide sauvage ;
Criez : France, Tartas à l'écho du rivage,
Le rivage battra des mains.

IX

Les Africains errants avec un culte étrange
Sur les pics décharnés du fleuve de l'Orange,
A peine un nom français leur est-il parvenu ;
Ils n'ont jamais prié le Créateur suprême,
Ils ignorent le monde, ils ignorent Dieu même,
France, Tartas leur est connu.

X

Tartas connu partout : à la céleste voûte
Le saint avec respect le prononce et l'écoute ;
Notre globe le sait *d'un bout* à l'autre bout.
Les peuples périront ainsi que leurs histoires,
Les temples, les cités, le bronze des victoires,
Ce nom seul restera debout,

BONAPARTE ET MURAT

XVI

Bonaparte et Murat ! étoiles fraternelles !
Deux grands noms rayonnant de lueurs éternelles,
Baptisés mille fois sous le feu du canon :
Tout Français aujourd'hui qui sent brûler son âme
Doit incliner son front aux genoux de la femme
    Héritière de ces deux noms.

I

Bonaparte! ce nom quand la main le crayonne
Sur le grossier vélin, comme un astre rayonne :
Jamais nom de mortel n'eut des destins si beaux.
Si la France perdait l'éclat qui la décore,
Ce nom étincelant l'embraserait encore
    Comme un soleil sur des tombeaux.

. . . .

IV

Allez à Tombouctou, la ville fabuleuse,
Où le Niger étend son onde nébuleuse ;
Prononcez de grands noms, des noms grecs ou romains :
Aucun ne touchera le stupide sauvage ;
Demandez Bonaparte à l'écho du rivage :
    Le rivage battra des mains.

V

Les Africains errants avec un culte étrange
Sur les pics décharnés du fleuve de l'Orange,
Chez eux le nom français n'est point encor venu.
Ils n'ont jamais prié le Créateur suprême ;
Ils ignorent le monde, ils ignorent Dieu même :
    Bonaparte leur est connu.

VII

Partout il est connu : cherchez bien sur la carte
Un seul peuple oublieux du nom de Bonaparte :
Notre globe le sait de l'un à l'autre bout.
Les peuples périront ainsi que leurs histoires,
Les temples, les cités, le bronze des victoires,
    Ce nom seul restera debout.

XI

C'est un de ces grands noms qui luisent sur la France,
Qui luira sur Mézin, ah ! j'en ai l'espérance,   ·
Tant qu'un feu militaire animera nos fronts ;
Tant que la gloire sainte aura pour nous des charmes,
Tant qu'une main française élèvera les armes
     Pour nous venger de nos affronts.

XII

Tartas ! ah ! tout est dit ! Il suffit qu'on le nomme !
C'est la gloire incarnée et la valeur faite homme.
Qu'on lui trouve un rival dans les âges anciens !
Dans les rangs hérissés de flèches et de piques !
Récitez les exploits des poèmes épiques :
     Ils pâlissent devant les siens.

XIII

Quand le canon sonnait l'heure de la bataille,
Il montait à cheval, grand de toute sa taille,
Le premier réveillé dans le camp endormi,
Et courant, radieux, hors la ligne des tentes,
Avec son beau *panache* et ses plumes flottantes
     Il se montrait à l'ennemi.

XIV

Roi des camps ! un cheval alors était son trône ;
Sa large épée, un sceptre ; un *képi*, sa couronne ;
Les boulets des combats étaient ses courtisans.
La mort avait pour lui des regards de clémence ;
Il livra sans blessure une bataille immense,
     Une bataille de *vingt* ans.

XV

Tu t'en souviens, *Isly !* sur la *brûlante* plage,
Tu le vis autrefois à l'aurore de l'âge.
Un pacha *du Maroc* lui barrait le chemin :
Tartas s'élance et prend du Dey l'armée entière ;
Il entr'ouvre les flots, ainsi qu'un cimetière,
     Et l'ensevelit de sa main.

XVI

Mézin, Tartas : deux noms, étoiles fraternelles !
··· ················ ·····················

(Reproduction de la première strophe)

VIII

Il en est encore un qui luira sur la France,
Et qui nous sera cher, ah ! j'en ai l'espérance,
Tant qu'un feu militaire animera nos fronts,
Tant que la gloire sainte aura pour nous des charmes,
Tant qu'une main française élèvera les armes
    Pour nous venger de nos affronts.

IX

Murat ! ah ! tout est dit ! il suffit qu'on le nomme !
C'est la gloire incarnée et la valeur faite homme.
Qu'on lui trouve un rival dans les âges anciens !
Dans les rangs hérissés de flèches et de piques !
Récitez les exploits des poèmes épiques :
    Ils pâlissent devant les siens.

X

Quand le canon sonnait l'heure de la bataille,
Il montait à cheval, grand de toute sa taille,
Le premier réveillé dans le camp endormi,
Et courant, radieux, hors la ligne des tentes,
Avec son beau dolman et ses plumes flottantes
    Il se montrait à l'ennemi.

XI

Roi des camps ! un cheval alors était son trône,
Sa large épée, un sceptre, un casque, sa couronne ;
Les boulets du combat étaient ses courtisans.
La mort eut pour lui seul des regards de clémence,
Il livra sans blessure une bataille immense,
    Une bataille de quinze ans.

XIII

Tu t'en souviens encore, Aboukir ! sur ta plage,
Tu le vis autrefois à l'aurore de l'âge.
Un pacha de Stamboul lui barrait le chemin :
Murat échevelé prit une armée entière ;
Il entr'ouvrit les flots, ainsi qu'un cimetière,
    Et l'ensevelit de sa main.

XVI

Bonaparte et Murat ! étoiles fraternelles !
. . . .
    (Voir ci-dessus)

XVII

Epouse du héros, *rejetons* du grand homme,
De quelque titre saint que ma bouche vous nomme,
Une larme toujours viendra mouiller mes yeux.
Soyez *heureux tous trois!* Que ce chant vous console !
Car vous brillez encor de la *belle* auréole
    De ce grand nom qui luit aux Cieux !

———

L'entreprise est-elle assez plaisante ?

Les strophes III à VII de l'*Ode au Général de Tartas*, étrangères à l'ode de Méry, procèdent naturellement du même système dépourvu de scrupules.

Ici, du moins, la prosodie est sauve et le grotesque dérive d'une absence totale de goût, d'une exagération comique et ridicule ; mais je pourrais citer, de la même ode, un travestissement plus récent, où l'ignorance des règles élémentaires touche à l'invraisemblance. Cela fut imprimé en 1888, sous ce titre : *Ode patriotique dédiée à Monsieur Carnot, Président de la République Française* (Agen, impr. Cassan et Cazautet, in-f°, en longueur) [1].

———

[1] V. la *Bibliographie générale de l'Agenais*, t. III, p. 173.

Faut-il donner un spécimen de cette orgie lyrique inimaginable, qui se produisit à l'occasion de la visite, à Agen, du président Carnot, en avril 1888 ? — En voici les deux premières strophes, correspondant aux XVIe et XVIIe de l'ode de Méry :

« Salut à vous, Carnot !... enfant de l'Histoire,
Descendant du soldat invoquant la victoire,
Président des Français au suprême blason.
L'Agenais, aujourd'hui, qui sent brûler son âme
S'incline pieusement et déploie l'oriflamme
    Devant l'héritier du grand nom.

« Petit-fils du héros, digne cœur du grand homme,
De quelque titre saint que ma bouche vous nomme,
Tant de grands souvenirs humecteront mes yeux.
Soyez heureux, vous ! que ce chant vous console,
Vous brillez parmi nous sous la belle auréole
    De ce grand nom qui luit aux cieux. »

Cela suffit sans doute amplement, et tout commentaire quelconque serait oiseux.
Parmi les autres cas de semblables pillages, je me borne à citer le suivant :

XVII

Epouse du héros, digne sœur du grand homme,
De quelque titre saint que ma bouche vous nomme,
Une larme toujours viendra mouiller mes yeux.
Soyez heureuse, vous ! Que ce chant vous console,
Car vous brillez encor de la double auréole
  Des deux noms qui luisent aux cieux.

Ces cruelles atteintes à l'honnêteté littéraire touchent, pour ainsi dire, à l'inconscience et ne peuvent même pas être exactement qualifiées du nom de *plagiat*. Celui-ci, en effet, moins excusable encore et plus triste, ne possède pas la note extravagante capable d'étouffer toute réprobation dans l'involontaire sourire qui désarme.

La vraie piraterie littéraire ne saurait avoir la moindre excuse. Quiconque, sciemment et sans vergogne, met en coupe réglée les travaux d'autrui et dissimule sa propre impuissance sous les dépouilles volées n'est qu'un larron vulgaire et vaniteux, dont le procédé méprisable échappe à toute velléité d'indulgence.

Le 15 avril 1894, l'*Echo des Troubadours* annonçait qu'un premier prix de poésie était attribué à une pièce de vers de M. B. Adoue, professeur à Paris. Or ceci n'était qu'une effrontée copie littérale d'une pièce de Charles Deloncle, extraite du recueil publié sous ce titre : *Les Voix natales et nationales* (Paris, Ch. Douniol, 1865, in-12).

Dénoncé par la Société des Etudes du Lot, ce fait inouï a été exposé et flétri par M. Ferdinand de Laroussilhe, de Latronquière, dans un placard où, avec les deux textes comparés, est reproduite une lettre du plagiaire se déclarant très fier de la distinction si bien méritée : *Canaillerie littéraire* (Cahors, impr. Laytou, s. d. [1894], oblong de 0.47 sur 0.21, en longueur).

III

NASSE-LAMOTHE
(DE VIANNE)

Jean Nasse, dit *Nasse-Lamothe,* né à Vianne le 3 novembre 1758, était curé de Damazan en 1789. Il accueillit d'enthousiasme les théories nouvelles ; puis, après la tourmente, il se retira sur sa terre de Lamothe, dont il s'était adjoint le nom, et se donna tout entier aux travaux littéraires.

On raconte que l'ex-abbé Nasse avait conçu pour Vianne une haine profonde et juré de ne plus jamais pénétrer dans ses murs. Il tint parole. On le voyait, en effet, errer fréquemment autour des remparts si bien conservés de cette remarquable bastide, s'arrêter parfois et longuement devant les portes, mais sans jamais les franchir. Ceci nous donne déjà un avant-goût de son originalité.

Nasse ne fut qu'un poète inférieur, auquel on n'aurait sans doute pas pris garde et dont je ne m'occuperais pas moi-même à cette place, s'il n'avait poussé la sottise et la vanité jusqu'à se considérer comme infiniment supérieur à Boileau, dont il entreprit de réformer l'*Art poétique :*

— *Boileau Despréaux corrigé dans son Art Poétique, ou ce Poème classique reproduit avec des changements essentiels et raisonnés, par J. N.-L., de V...ne (Lot-et-Garonne.)* — Agen et Paris, an XIII [1806], in-18 de 120 pp.

Nouvelle édition, soigneusement revue et complétée par nombre d'articles échappés dans la première (Bordeaux, 1808, in-12 de 116 pp.).

Je reprends ici, en le complétant, ce que j'ai écrit à ce sujet en 1887 [1] :

Cette publication excentrique souleva naturellement un *tolle* général ; elle valut à l'auteur les sarcasmes de Paris et de la province, et les épigrammes fondirent sur lui de tout côté. Son imprimeur même, Raymond Noubel, homme d'esprit et rimeur agréable, lui décocha plusieurs traits satiriques [2]. L'*Indicateur* des 15 et 31 janvier 1809, le *Journal de l'Empire*, la *Revue philosophique*, etc. se réjouirent à qui mieux mieux aux dépens du malencontreux réformateur, dont on ne parvint pas cependant à troubler l'imperturbable sérénité.

L'œuvre est simplement prodigieuse.

Dans sa préface, l'auteur dénonce l'*Art poétique*, « réputé ordinairement pour le chef-d'œuvre de Boileau », comme celle de ses productions la plus négligée, et s'élève contre « les inexactitudes et les fautes majeures qui s'y trouvent,... qui ne peuvent qu'égarer l'ingénuité de l'âge... et nuire essentiellement au progrès des lettres et du goût. »

Les variantes adoptées par le singulier critique sont indiquées, commentées et référées par des lettrines en marge.

Et quels commentaires ! Partout sont découverts les plus affreux crimes littéraires : incorrections, impropriété de termes, non-sens, solécismes, erreurs prosodiques, absurdités, chevilles, transpositions vicieuses, hérésies grammaticales. L'énumération serait interminable.

Le pauvre homme !

Son système de corrections mérite, du reste, d'être signalé.

---

[1] *Bibliographie générale de l'Agenais,* art. *Nasse-Lamothe*, t. II, p. 157.
[2] *Journal de Lot-et-Garonne* des 4 et 7 avril 1807.

Boileau débute ainsi :

> « C'est en vain qu'au Parnasse un téméraire auteur
> Pense de l'art des vers atteindre la hauteur. »

Nasse rectifie :

> « Fier d'un heureux essor, un novice rimeur
> Croit en vain du Parnasse atteindre la hauteur. »

Je néglige le commentaire.

Le dixième vers :

> « Ni prendre pour génie un amour de rimer »,

le scandalise et l'irrite. Il substitue *attrait* à *amour* et écrit, sans sourciller :

> « Ni prendre pour génie un attrait de rimer. »

Tout le reste est à l'avenant.

Les avanies amenées par cette burlesque tentative conduisirent si peu notre poète à résipiscence, qu'après avoir voulu réformer Boileau, il daigna s'apitoyer sur les défauts de Delille et n'hésita pas à se proclamer l'heureux rival de Virgile dans le poème suivant :

— *Le Séjour des Champs. Poème descriptif, avec des Notes de l'auteur (J. N^e-L^{the}, de Lot-et-Garonne) ; suivi de la Description et Topographie de son lieu natal, autre petit Poème.* — Agen et Paris, 1817, in-18 de 120 pp.

Le petit poème à la suite (p. 119 à 125) a pour titre spécial : *Description et Topographie de V...ne d'Albret (Lot-et-Garonne)*, et le volume est complété par un *Epilogue ou Appendice* de cinq pages sur la propriété de Lamothe.

Pour bien établir la valeur réelle de Nasse-Lamothe comme poète, je citerai quelques passages du *Séjour des Champs*. En voici l'exorde : .

« Tourbillon des cités, je vous ai dit adieu !
Ce que veulent mes chants, aujourd'hui, c'est un lieu,
Non tout à fait désert, mais riant, mais fertile,
Et tenant du hameau plutôt que de la ville ;
Qui présente à l'entour des jardins, des bosquets;
Des pampres verdoyants, des moissons, des guérets :
Où la terre, en un mot, sous des mains fortunées,
De ses fleurs, de ses fruits partage les années. »

Ceci, d'après *l'argument*, représente la *Distribution du territoire*. — Passons.

Le deuxième chant commence par les *Avantages et fruits de la vie active* :

« Père de la santé comme il l'est du bonheur,
Le travail de nos corps redouble la vigueur.
Le membre qu'on occupe est de là plus robuste.
Ainsi de nos destins l'arbitre toujours juste
Le régla-t-il d'abord en ses divins décrets,
A ce qu'on crut un mal attachant mille attraits.
Pour les besoins communs, aiguillon salutaire,
Le travail du travail est le premier salaire. »

Le troisième chant : *Fêtes et Jeux champêtres*, décrit ainsi, au départ, les *Premiers indices d'une fête* :

« La paix que j'invoquais, trop longtemps attendue,
Cette fille du ciel, nous est enfin rendue :
Et, lorsque mon sujet veut des fêtes, des jeux,
Ma muse est disposée à prendre un ton joyeux.
Jusqu'au fond des vallons, sur la nature entière,
Déjà l'astre du jour déployait sa lumière ;
Tout était calme aux champs : seul l'habitant des airs
Faisait, le long d'un bois, entendre ses concerts.
Les troupeaux étonnés, au sein de leur clôture,
Sans vaguer au dehors, trouvaient leur nourriture.
Si matineux toujours, le pâtre, le berger
Dans les pavots encore aimaient à se plonger,
Comme aussi des pavots, pour réparer ses forces,
Le robuste bouvier savourait les amorces. »

Enfin le quatrième et dernier chant : *Mœurs de l'homme*

3

des champs, débute par ce *Regret sur la perte des mœurs antiques* :

> « O mœurs de l'âge d'or ! O règne des vertus !
> Temps qu'on chérit toujours, pourquoi n'êtes-vous plus !
> Pourquoi, quand je voudrais vous rendre à la mémoire,
> Ne puis-je, parmi nous, en retrouver l'histoire ?
> On dit que, s'exilant de ces terrestres lieux
> Par le crime souillés, et rappelée aux cieux,
> Pour son dernier séjour, dans les hameaux, Astrée
> Choisit du laboureur la retraite ignorée.
> Mais à peine aujourd'hui, de ces vestiges saints,
> Quelques traits, même aux champs, se montrent-ils empreints !
> Ma muse, déplorant ces ruines funestes,
> Trempera ses pinceaux dans leurs précieux restes. »

Tout cela est incontestablement filandreux et côtoie le burlesque involontaire ; mais le génie ne court pas les rues. Les poètes médiocres encombrant par légions les abords du Parnasse ne relèvent que de l'indifférence. Le cas de Nasse-Lamothe est donc tout entier pour nous dans sa prodigieuse outrecuidance.

L'invraisemblable entreprise sur l'*Art poétique* de Boileau a sauvé son nom d'un juste oubli ; elle lui a valu pour jamais le titre de *Grotesque* et les honneurs d'une moquerie universelle.

IV

GENIÈS DE LANGLE

(DE SAINT-MAURIN)

Un Grotesque presque sympathique.

Né à Saint-Pierre-Delpech (ou del Pech), près de Saint-Maurin, le 9 septembre 1827, Geniès de Langle (Jean-Gratien) fut d'abord employé, j'ignore à quel titre, dans l'Administration des Domaines ; puis il s'établit comme commissionnaire en marchandises à Agen, où il est mort le 27 octobre 1892.

Il parvint à faire imprimer dans cette ville jusqu'à six brochures poétiques de bien étrange facture, dont voici l'indication bibliographique :

— *Impressions d'un Infortuné, ou son Ame écrite. Poésies.* — Agen, impr. E. Maury, 1872, in-8°, de 56 pp.

— *Les Confidences de Joseph, le Futur de Lucette. Poème.* — Agen, ibid., 1872, in-8° de 30 pp.

— *Le Submergé. Paroles d'un jeune Epoux devant l'Inondation du Midi de la France, en 1875. Poésies.* — Agen, impr. V. Lenthéric, 1875, in-8°, de 7 pp.

— *Paroles d'un Infortuné sur l'existence de l'Etre suprême, et Quelques mots sur les divers attraits de la nature.* — Agen, ibid., 1876, in-8°, de 38 pp.

— *Le Repentir de Jeanne, jeune Pécheresse mourante et délaissée; ses dernières paroles sur la terre étrangère.* — Agen, ibid., 1878, in-8° de 18 pp.

— *Enigmes, Proverbes et plusieurs autres Sujets divers.* — Agen, impr. S. Demeaux, 1878, in-8° de 42 pp.

Ces productions plus ou moins singulières, que l'auteur famélique colportait lui-même dans le placement de diverses marchandises, ne lui apportèrent pas le bien-être, mais elles sont curieuses à divers titres. Elles accusent même une certaine intuition poétique s'égarant fréquemment dans le vague, et aussi quelque sentiment précis des règles de la prosodie française et de la science du rythme.

L'excentricité, ici, est donc plutôt dans le fond que dans la forme. La pensée, fruste, un peu confuse et que la traduction exténue, s'éparpille en un flot de réminiscences de lectures.

La note des six brochures est, du reste, absolument uniforme. Je puis donc prendre mes citations à l'aventure, sans aucune crainte d'erreur.

Voici, par exemple, comment débute l'espèce de poème ayant pour titre : *Le Repentir de Jeanne, jeune Pécheresse mourante et délaissée*, etc. :

> « Ah ! qu'est-ce qui m'opresse ! Ah ! qu'est-ce que j'éprouve
> En ce moment néfaste ! et que vois-je, Seigneur !
> . . . .
> Délaissée, avilie et mourante au lointain !
> Je meurs en fille impure et non en noble épouse !...
> C'est mon tort, c'est mon crime ! Hélas ! oui, car en vain
> Une prostituée implore qu'on l'épouse... »

Ce monologue dolent, qui remplit dix-huit pages, se termine ainsi :

> « Et maintenant, ô toi, céleste bienfaiteur,
> Qui dois avoir déjà, d'une voix paternelle,
> Imploré mon pardon auprès du Créateur
> 　　　Et désarmé son bras vengeur,
> 　　　Ah ! vole avec amour et zèle,
> Oui, vole vers ma mère ! et d'un trait de ton aile,
> A mon gré porte-lui ce cher baiser d'adieu
> Que je voudrais lui faire en le recevant d'elle ?
> . . . .
> Contre moi le destin triple encore ses fureurs.
> Pour moi, va-t'en là-bas..., car je tombe..., et je meurs, »

Les *Paroles d'un Infortuné sur l'existence de l'Etre suprême* sont plus extraordinaires encore :

« Quand parfois le Destin, dans ses desseins funèbres,
        Au sein de ces ténèbres
Où librement sans cesse il semble se cacher !
Dirige contre moi ses plus cruelles armes,
        Comme pour arracher
Mes plus amers soupirs, mes plus amères larmes,
Laissant courber mon front, mais comprimant mes pleurs,
Hélas ! j'invoque enfin, par mon humble prière,
Celui qui fit surgir, pour nos yeux, la lumière !
        Et la foi pour nos cœurs... »

Et l'imagination effarée de l'*Infortuné* se trouble devant les mystérieux problèmes. Il a la foi ; mais il s'épuise en efforts plaisants pour en dégager la formule :

« Fouillant les vieux dossiers, le sol, le sein des mers !
Où retrouverons-nous cette souche suprême
Qui jadis la première embellit l'univers,
En lui donnant ainsi, par sa puissance extrême,
L'orateur, le poète et des savants divers,
Dont chacun ici-bas honore la mémoire,
Si ce n'est celle enfin qu'on nomme dans l'histoire
L'Etre suprême ou Dieu ! ce Roi de tous les rois
Qui conserve à son gré sa puissance et sa gloire,
Sa vigueur et ses sens, son trône d'autrefois...
....
Oui, tout, même au-delà de notre axe polaire,
Vient montrer à notre œil la main du Tout-Puissant,
        Mais rien peut-être autant
        Que cet éclat solaire
        Où, d'un désir constant,
La terre prend sa vie ! où l'univers s'éclaire ! »

Puis la terre, attristée par les frimas, appelle le soleil à son aide :

« Victime d'un mortel désastre
Où tout s'est flétri sur mon sein !
O toi, soleil ! ô toi, bel astre !
A mes revers viens mettre un frein... »

Et le soleil attendri, mais prisonnier de la brume, rime ainsi ses encouragements :

> . . . .
> « Oui prends courage, car toi seule, chère amie,
> Au-delà de ce voile où tous deux gémissons,
> Es l'objet de mon cœur, es l'objet de ma vie !
> A toi donc, au plus tôt, tous mes plus purs rayons.
> . . . .
> Oui bientôt nous verrons de riantes prairies
> Ecloses de l'amour dont battent nos deux cœurs !
> Et même la jonquille et des roses fleuries
> Exhalant leurs parfums pour adoucir nos pleurs... »

C'est au sortir de cette idylle imprévue que le rêveur pose sa première conclusion :

> « Hélas ! oui, lorsque j'ouvre en cette conjecture
>   Le grand bilan de la nature !
> Et que j'y trouve inscrits l'arbre et ses fruits dorés !
> Les fleurs et leurs parfums ! les bosquets, leur verdure !
> Lorsque surtout encor, j'y vois, enregistrés
>   Comme en lettres ineffaçables,
> Tant de grands hommes ! puis des ouvrages sacrés
>   Qui semblent être impérissables,
> Tels que la terre et l'astre en qui certes l'ardeur
> Reste toujours vivace, ainsi toujours entière,
> Oui, je dis qu'il existe un divin Créateur,
> Dont la vie et les droits sont vierges de frontière... »

Il faudrait tout citer, car tout est étonnant.

Les démonstrations triomphantes de l'*Infortuné* se complètent, comme l'annonce le titre, par *Quelques mots sur les attraits de la nature* (p. 23 à 38), où bien des surprises sont semées.

Le prélude est épique :

> « Quand parfois les rayons d'une aube printanière
> Viennent à mon chevet clore un léger sommeil,
> Et qu'à travers la brise matinière
> L'œuvre de Dieu vient charmer mon réveil,

Oh ! combien tour à tour je contemple et j'explore
D'abord un ciel d'azur souriant à l'aurore !
Puis l'horizon en feu dont le reflet vermeil
Annonce à l'univers un superbe soleil
Dont le sommet des monts presque aussitôt se dore !
Et tandis que j'admire un éclat sans pareil,
Une brise joyeuse où tout semble revivre
Berce à mes pieds des fleurs dont le parfum m'enivre. »

Et le poète ému chante les bosquets « aux grands pana-
ches verts », les oiseaux, les papillons, le chêne, l'ormeau,
le peuplier ; il se plaint de la rose, « cette fleur offensive »,
à laquelle il préfère le lis et la jonquille. Puis, c'est le tour
du ruisseau, du fleuve et enfin de la mer :

« Parfois j'admire encor l'immensité des mers ...
Ces autres capitales
Ici-bas sans rivales,
Recevant dans leur sein tous les fleuves divers !
Oui, mon œil aime à voir
Ce gigantesque et riche réservoir,
Où le ciel même emprunte son nuage
Pour donner à la terre un bienfaiteur breuvage !
Où, d'un lointain séjour,
Se mirent tour à tour
Chaque jour l'astre-roi, chaque nuit les étoiles !
Où mille grands vaisseaux
De leur poitrine aiguë ouvrent les flancs des eaux,
Tandis que de leurs voiles
Sans cessent ils battent l'air !
Où même errent encor des bâtiments de fer. »

Viennent ensuite les étoiles, le rossignol, le tonnerre,
l'ouragan, l'hirondelle, la perdrix, le pigeon, que sais-je
encore ?
Parmi les *attraits de la nature*, le lyrique discoureur
n'hésite pas à classer :

....

« Celui de se trouver à table ayant
Pour compagne un ami, puis telle créature
Que la broche a pour vous roussie avec mesure, »

Ceci, convenons-en, détonne un peu dans le tableau.

Enfin les dernières pages nous parlent de l'agneau, de la dinde truffée, du cheval, du chien, des temples et de... la femme ! Et cette macédoine finit ainsi :

> « C'est ainsi que d'un cœur et d'un œil souriant,
> Maintes fois je contemple et le ciel et la terre !...
> Et quand parfois je songe aux merveilles des cieux,
> Que ne peuvent atteindre un seul instant mes yeux
> Dont le regard se trouble à travers l'atmosphère,
> Aussitôt mon esprit que guide un même vœu
> Cherche enfin à franchir la céleste frontière,
> Avide de sonder jusqu'au trône de Dieu. .
> Mais, hélas ! concernant le fond de ce mystère,
> Mes yeux et mon esprit impuissants tour à tour
> Dans les efforts qu'ici chacun d'eux réitère,
> Oui, mon œil qu'éblouit le simple éclat du jour
>   S'incline vers la terre !
> Confus, mon esprit garde une attitude austère !
>   Et dès lors, à son tour,
>   Ma langue doit se taire... »

On ne comprend peut-être pas toujours très bien le narrateur entraîné ; il serait, je crois, imprudent d'affirmer que lui-même se possède sans cesse ; mais l'excellence de l'intention ne saurait inspirer l'ombre d'un doute, et on pourrait, ma foi, comme Virgile dans le fumier d'Ennius, recueillir ici quelques perles.

Je n'emprunterai plus au bagage poétique de Geniès de Langle que deux spécimens de ses *Enigmes*, *Proverbes* *et Sujets divers*.

Les *Enigmes*, au nombre de quarante-deux, sont tantôt puériles et tantôt saugrenues. Les explications en sont données à la fin de la brochure.

Faut-il admirer, dites-moi, cette traduction amphigourique de la *vérité :*

« Pour prix de ma naissance ayant dû consentir
            A ne jamais mentir,
            Oui, certes, qu'on y songe,
Partout où moi je règne est banni le mensonge. »

Et cette définition du *volcan* :

        « Redoutable habitant
    D'une région souterraine
    Que n'ose affronter nul vivant,
        Quand ma panse est trop pleine,
De mon brûlant trop-plein dont je suis vomissant
J'infecte l'air ! J'en couvre autour de moi la plaine. »

Je résiste à la tentation de citer une allégorie de l'horloge et une description du siège qui sont vraiment extraordinaires.

Les *Proverbes* émergent peu d'une banalité que leur forme ne rachète guère ; et cependant je découvre dans la série une gemme inespérée que je m'empresse d'extraire :

« Comme l'astre du ciel qui féconde la terre
        Et donne le parfum aux fleurs,
        La foi, ce sublime mystère,
Donne la force à l'âme et la noblesse aux cœurs. »

Est-ce bien là un quatrain personnel ?

Cette citation sera la dernière. Je ne saurais sûrement trouver rien de comparable dans le fatras des *Sujets divers* qui complètent la brochure, et où se distingue, en dehors de romances lamentablement lugubres, une pièce vraiment surprenante sur la *Création du monde*.

Ceci n'ajouterait absolument rien, d'ailleurs, à la note connue, et ne caractériserait même pas mieux que les extraits abondants qui précèdent l'esprit veule et nébuleux, la facture incertaine et oscillante du pauvre poète.

Je me suis exceptionnellement étendu sur le cas de Geniès de Langle et n'en éprouve aucun regret. Celui-là mérite

4

assurément une compatissante attention. Il avait quelque
aptitude, quelques dons. Le fonds et la culture lui manquè-
rent un peu sans doute ; mais, qui sait ?... Un meilleur trai-
tement du sort, moins d'âpreté imposée dans la lutte pour
la vie en eussent fait peut-être un sujet remarquable.

Grotesque, il le fut, sans contredit, et son droit de figurer
en bonne place dans ce musée drôlatique ne saurait être
contesté. Toutefois, il convient de tenir compte de sa minus-
cule valeur, de ne point confondre sa chétiveté d'esprit, son
insuffisance littéraire avec la pure extravagance et l'atrophie
morale de bien d'autres.

V

POIGNÉE DE GROTESQUES

Pour peu qu'on voulût être complet en matière de littérature excentrique, les éléments d'un gros volume seraient bientôt réunis. Entendant ne consacrer au sujet que quelques pages, j'écarte de mon chemin une foule d'auteurs dont le droit de figurer dans cette nomenclature est cependant rigoureux, et je clôture sommairement cette section des poètes en groupant plusieurs noms et plusieurs œuvres :

XAVIER BASCOERT, de Casseneuil (1768-1843), auteur de compositions banales : hymnes, noëls, romances, etc., appartient à la série des *Grotesques* par une versification ridicule du *Catéchisme :*

— *Colloques religieux et versifiés sur le Catéchisme d'Agen ; suivis de plusieurs autres Poésies variées de ce genre.* — Villeneuve-sur-Lot, 1834, in 8° de 100 pp.

N'est-ce pas là vraiment une triomphante idée ? Un catéchisme en vers ; et quels vers ! L'auteur en donne un délicieux avant-goût dans son épigraphe commençant ainsi :

> « Colloques sur l'Abrégé
> Du Catéchisme obligé.
> Livre chrétien symbolique,
> Lumière du catholique
> Qu'il doit suivre avec ferveur. »
> . . . .

La burlesque entreprise de Bascoërt avait, du reste, des

précédents similaires nombreux. Sans parler du *Jardin des
Racines grecques*, de Lancelot, ne peut-on pas rappeler
La Coutume de Paris, en vers français, de Garnier
Duchesnes (Paris, 1768, in-12) ; *Le Code Civil mis en vers*,
par Flacon (Paris, 1805, in-8°) ; *Les Evangiles mis en
vers*, par Madame la baronne de Montaran (Paris, 1868,
in-8°), et même une *Géométrie en vers techniques* imprimée
en 1804 (Paris, in-8°) ?

Quelque difficile qu'il soit de garder le sérieux devant
des bizarreries pareilles, l'histoire des excentricités littéraires offrirait certainement des cas plus singuliers encore !

⁎
⁎

GUSTAVE BIERS, de Pujols (1799-1851), un poète acariâtre
et fanfaron, surnommé par Alphonse Karr : *Charabia Pa-
risphobe de Villeneuve-sur-Lot*.

Celui-ci fit preuve d'une vanité acrimonieuse et sans bornes. D'un talent incolore, fabricant de vers médiocres, il se
fût évidemment perdu dans la cohue des vulgaires rimeurs,
si n'eût été son tempérament agressif.

S'imaginant représenter au mieux le génie poétique de
son temps, il s'affubla par bravade de l'épithète décochée
par l'auteur des *Guêpes* et en drapa comme d'une anti-
phrase ses prétentions exorbitantes.

Je ne dis rien de ses *Méditations poétiques* (Paris 1833,
in-12), destinées sans doute, dans sa pensée, à pulvériser
celles de Lamartine ; mais je rappelle sa puérile prise d'armes contre la suprématie littéraire de Paris. Cela débuta en
1840 par une brochure rageuse qui eut deux éditions :
Défi Poétique. La Province à Paris (Paris, in-8° de 12
pp.), et se compléta par une œuvre bien peu décisive :
Paris (Ibid., 1841, in-8° de 20 pp.) et un dernier cri de

guerre: *Faiblesse et Barbarie actuelle de Paris en matière de poésie* (Ibid., 1842, in-8° de 16 pp.).

Cette croisade présomptueuse et enfantine, qui servait si mal la cause de la décentralisation littéraire, devait nécessairement aboutir à la célébrité du ridicule.

⁎

JEAN GUICHENÉ, de Casteljaloux (1822-1875), d'abord quelque peu professeur, puis secrétaire de la mairie de Castelmoron, s'est égaré dans la philologie conjecturale qui consiste à vouloir traduire et imiter le chant des oiseaux.

Cette toquade-là n'est pas précisément nouvelle. Dupont de Nemours [1] n'est même pas le seul ornithophile ainsi enfiévré. En ce qui concerne le rossignol, dont Guichené prétendit interpréter le langage, je rappellerai seulement la tentative de Marco Bettini, jésuite du XVIIᵉ siècle [2], et l'essai de Bechstein reproduit par Nodier dans sa préface de *Philomela*, petit poème de 70 vers attribué à Albus Ovidius Juventinus (Paris, 1829, in-8°, p. 22), qu'on trouve aussi à la suite du paradoxal *Dictionnaire des Onomatopées* [3].

La composition de Guichené a pour titre :

— *Chant du Rossignol. Prime du livre* : « *L'Orphéon de la nature* ». — Villeneuve-sur-Lot, 1852, in-8° de 4 pp.

Il est impossible de rien extraire d'un tel assemblage de sons bizarres.

L'auteur, évidemment, était on ne peut plus sérieux quand il fabriqua cette... chose. Il devait même, je pense, en être

---

[1] *Mémoires sur les Animaux* (Paris, 1807, in-8°).
[2] *Ruben* (Parme, 1614, in-4°).
[3] *Dictionnaire des Onomatopées françaises* (Paris, 1808, in-8°).

quelque peu fier, puisqu'il l'offrait comme prime aux ache-
teurs de son *Orphéon de la nature* [1]. Sur la première page
de la brochure, on lit, en effet :

« Première livraison, avec prime de mon *Chant du Rossignol*, commençant par : *Tiû, tiû, tiû, pipit, tossit*, etc., etc., traduit en français. »

Traduit en français ! Vraiment, il faudrait un triple airain
pour y résister. — Et pourtant n'est-il pas aujourd'hui, dit-
on, un savant authentique qui s'épuise à saisir le secret de
la langue des quadrumanes ?...

---

[1] *L'Orphéon de la nature* (S. l. [Agen], impr. P. Noubel, 1862, in-8º de 24 pp.).
On a de Guichené quelques autres compositions singulières. V. la *Bibliographie
générale de l'Agenais*, art. *Guichené*, t. i.

VI

GROTESQUES PATOIS

Comme le lecteur pourrait être surpris d'un silence complet sur les excentricités littéraires des poètes patois agenais, j'attribuerai ici quelques lignes à ces derniers.

L'ancienne langue populaire, dont la débâcle se précipite, a été merveilleusement utilisée par Jasmin, le plus grand, le mieux doué des poètes de l'Agenais; mais, avant et surtout après lui, une foule de rimeurs sont venus, la plupart sans souffle et sans aptitude appréciable.

Quelle que soit la richesse de cette langue délaissée, quelques ressources qu'offrent son harmonie et sa souplesse, encore est-il indispensable à quiconque l'adopte de disposer de dons personnels. Malheureusement bien des *patoisants*, dépourvus de toute culture, ne l'ont choisie que comme un instrument paraissant être plus accessible à leur extrême faiblesse. Les inspirés se comptent sans peine.

C'est surtout en serrant de plus près l'évolution contemporaine qu'on pourrait, s'il y avait lieu, fournir à cet égard d'inqualifiables exemples, produire de nombreuses monstruosités littérales rimées par à peu près, étrangères au bon sens, procédant exactement d'une dégénérescence mentale.

Au surplus, ils n'ont peut-être pas tout à fait tort ceux qui s'étonnent que réformateurs et étymologistes aient choisi une heure aussi tardive pour se disputer de tels lambeaux, pour rêver d'une épuration et d'une unité chimériques. Au lieu de servir utilement une cause perdue, leurs trop savantes dissertations, sortes d'anachronismes, ne semblent-elles

pas plutôt destinées à hâter encore et à consommer la fatale
déroute ?

Des poètes patois antérieurs au xix° siècle, je ne crois pas
avoir à parler. Le premier en date que je citerai est l'abbé
JEAN-PATRICE GRAVIÈRE, d'Agen (1747-1817) [1], auteur d'un
petit poème badin aussi parfaitement exsangue et décousu
que possible :

— *Jean, ou lou Cousinè del Seminari d'Agen. Poëme burlesqué
en dus chants et en bèrs patois.* — Agen, 1825, in-16 de 22 pp.

.*.

XAVIER BASCOERT, déjà cité pour sa splendide traduction
du *Catéchisme d'Agen* en vers français, a aussi rimé en
patois. De ses *Noëls*, je ne dirai rien ; mais ne dois-je pas
rappeler qu'il traita les *Fables* de La Fontaine comme il
avait traité le Catéchisme ?

— *Fablos de La Fountaino, traduitos en bèrs patois del pays
de Bilonèbo-sur-Lot (Lot-et-Garono), embé toutos sas Epitros,
Philemoun et Baucis et soun Epitapho ; dediados as Habitans de la
Campagno.* — Livre premier : Villeneuve, 1836, in-8° de 48 pp. —
Livre deuxième : Ibid., 1839, in 8° de 79 pp.

Je ne sache pas que cette bouffonnerie soit allée plus loin [2].
Dédier aux « habitants de la campagne » des vers ridicules,
en une langue plus difficile à lire que le français, est peu
compréhensible. J'admettrais avec peine que quiconque possède le syllabaire ne préférât pas le texte inimitable de
La Fontaine à une traduction saugrenue. Bascoërt crut-il
réellement servir, par ce plaisant essai, la cause des illettrés ?

---

[1] V. t. I, p. 341 de la *Bibliographie générale de l'Agenais.*

[2] Plusieurs cas de ce genre pourraient être mentionnés. Je cite seulement celui d'un
Bergeret, qui, en 1816, dans dix-sept *Fablos caousidos,* massacra à la fois La Fontaine
et le sous-dialecte agenais.

Si la traduction d'une œuvre célèbre en une langue vivante a sa raison d'être, son travestissement en un langage incertain et à peine usité est une excentricité que pourrait seule excuser l'exécution remarquable de ce jeu d'esprit.

Un Agenais du xviie siècle, Guillaume Delprat, a traduit, il est vrai, en langage populaire les *Bucoliques* de Virgile [1] ; mais le cas est tout autre : le patois était, de ce temps, très pratiqué, et il s'agissait de latin, langue morte échappant alors au public. La version agenaise se sauve, d'ailleurs, par le savoir-faire du poète.

Un plus que médiocre versificateur du xviie siècle, Escorbiac, a eu la naïveté, dans sa *Christiade* (Paris, 1613), de classer les mauvais vers parmi les maux que le péché originel a fait fondre sur l'humanité !! — Bien que très fortement exagérée, cette opinion pourrait avoir des partisans plus ou moins convaincus.

*
* *

On ne s'attend pas sans doute à voir prolonger longtemps encore cette pénible nomenclature. Je suppose plutôt qu'on me saura gré d'écarter résolument une multitude de Grotesques dépourvus de tout intérêt quelconque, d'exclure surtout la légion d'insipides rimailleurs dont on ne peut tirer le moindre profit, pas même un soupçon de gaîté.

Je ferme donc ici la série des poètes, déjà trop longue peut-être, et j'arrive aux prosateurs, dont un, au moins, mérite quelques instants d'attention.

---

[1] *Las Bucolicos de Birgilo, tournados en bèrs Agenes, dambé lou Lati à coustat, per fa beyre la fidelitat de la traduction* (Agen, Th. Gayau, 1696, in-12 de 105 pp.).

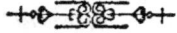

VII

JOSEPH BOUZERAN
(d'agen)

Une intelligence remarquable qui sombra dans une étrange folie raisonnante ; un esprit d'élite que détraqua une idée fixe.

Joseph Bouzeran, né à Agen le 25 décembre 1799, mort à l'hôpital de la même ville le 2 novembre 1868, était fils d'un huissier. Il passa brillamment ses examens de licence et se consacra à l'Enseignement. Professeur de rhétorique en divers lieux, il dut abandonner sa situation officielle à la suite de divers scandales provoqués par la singularité de ses idées et de ses théories.

Il croyait avoir découvert un système général d'unité linguistique. Ceci était une obsession qui ne l'abandonna plus : l'incohérence élut pour jamais domicile dans ce cerveau détraqué.

En 1831, il fonda à Cambrai un petit établissement privé qui fut d'abord assez prospère, mais que son attitude imprévue ne tarda guère à compromettre.

Rentré un instant dans l'Université, en 1839, à Châteauroux, il dut en ressortir bientôt, et en novembre 1843, il fut enfermé à Charenton, après de violentes scènes accomplies au Ministère de l'Instruction publique.

Bouzeran resta trente-un mois à Charenton, d'où, en 1846, il rallia sa ville natale.

C'était alors, ai-je dit[1], un type de bohème aux idées

---

[1] *Bibliographie générale de l'Agenais*, art. *Bouzeran*, t. i, p. 110.

troublées, que bien des Agenais se rappellent encore avoir
vu errer par les rues, remorquant une livrée de misère et
en état fréquent d'ébriété.

Mais, avant de s'obscurcir, cet esprit avait eu de beaux
jours et une valeur que démontrent ses premières productions.

Son incohérente conception de l'*Unité linguistique raisonnée* n'était certes pas le rêve d'un sot, mais bien le râle
d'une intelligence qui s'éteint.

Il demandait à cor et à cris les moyens de propager sa
doctrine, sollicitait l'accès de l'Ecole Normale, l'autorisation
d'ouvrir un cours public ; il harcelait Villemain, alors mi-
nistre de l'Instruction publique, de ses placets et de ses dé-
marches, et avait fini par exaspérer jusqu'aux huissiers du
Ministère. Il en vint à des manifestations bruyantes et scan-
daleuses, brisant un buste, renversant des tables et se livrant
à des actes qui ne pouvaient laisser aucun doute sur son état
mental.

Les premières publications de Joseph Bouzeran sont re-
marquables :

— *Fables choisies de La Fontaine, traduites en vers grecs*
(Paris, Delalain, 1828, in-12).

— *Méthode naturelle appliquée aux langues mortes pour faci-
liter et abréger les études* (Cambrai, 1833, in-8°).

— *Grammaire française en narrations, tirées des Voyageurs
modernes, de l'histoire des naufrages, de l'histoire naturelle*, etc.
(Paris et Cambrai, 1836, in-12.)

Plusieurs autres écrits encore se rapportent à cette période lucide de la vie de Bouzeran [1].

C'est en 1839 que la raison du malheureux professeur
sombra complètement dans une conception chimérique.

---

[1] V. *Bibliographie de l'Agenais*, t. i et iii.

C'est aussi à cette époque qu'il fit imprimer la première édition de la brochure étrange qui traduisait son rêve d'halluciné, brochure qui eut un tirage agenais à 3.000 exemplaires :

— *Essai d'Unité linguistique raisonnée, ou de la Philosophie du Verbe dans la Trinité catholique.* — Agen, imp. P. Noubel, 1847, in-8° de 57 pp.

Je n'insisterai pas maintenant sur cette élucubration lamentable, dont on retrouve une sorte d'écho dans une autre divagation venue beaucoup plus tard :

— *Par le Principe Trinitaire, l'Enseignement appartient de droit au Clergé.* — Bordeaux, Ducol, 1854, in-8° de 16 pp.; 2° édition; Agen, Quillot, 1865, in-8° de 30 pp.

Dans le trouble moral où il se démène, l'auteur inconscient retrouve sous sa plume bien des épaves d'une érudition peu commune.

Les diverses productions de la seconde période de la vie de Bouzeran n'ont que l'intérêt relatif que peut inspirer un cas pathologique. Réservant seulement la très curieuse brochure écrite au sortir de Charenton, en 1846, je me borne à la mention de quelques poésies qui n'ont, du reste, rien de bien caractéristique :

— *Lettre de Silvio Pellico à Maria, sa sœur. En vers.* — Agen, s. d. (1852), in-8° de 8 pp.

Pièce extraite d'un petit journal littéraire agenais: *Le Papillon,* du 22 novembre 1852.

— *Paroles suprêmes. Poésies.* — S. l. n. d. (Ibid., 1853), in-8° de 8 pp.

— *L'Indépendance du Pape au xix° siècle. Poème.* — Agen, 1865, in-8°.

— *Chant de départ des Apôtres.* — Agen, 1865, pièce in-8° de 2 pp.

— *Cantate en l'honneur de Jasmin, poète agenais.* — S. l. n. d.
(Agen, 1868), pièce in-8° de 2 pp.

Ces poésies, comme d'ailleurs toutes celles que Bouzeran
donna au *Papillon* agenais en 1852 et 1853, en même temps
que des articles littéraires et philosophiques, sont bien parfois étranges ; mais elles conservent néanmoins toujours et
malgré tout une forme châtiée qui rend plus triste encore
l'incohérence d'un esprit aussi bien doué.

Au lieu de faire des citations encombrantes, je préfère
m'occuper du mémoire particulièrement curieux imprimé en
1846 :

— *Appel d'un Agenais à ses Compatriotes et à la presse indé-
pendante.* — Agen, impr. Quillot, 1846, in-8° de 29 pp.

Brochure portant cette épigraphe : « Avons-nous des Bas-
tilles secrètes, ignobles ? »

Bouzeran raconte ici les tribulations qui précédèrent et
suivirent son internement à Charenton. Son récit est parfaitement lucide, en dehors de ce qui touche plus ou moins à
son dada philosophique. Il déblatère avec violence contre le
régime adopté dans l'hospice où il venait de séjourner du
29 novembre 1843 au 30 juin 1845 ; il discute même très
nettement son propre cas.

J'extrais de ce mémoire le passage suivant relatant une
conversation entre l'auteur et le médecin en chef de l'établissement, M. Foville. Nous trouvons là précisément, en même
temps que des alternances de raison et de folie, l'exposé du
fameux système de l'*Unité linguistique* :

« .... Peu à peu, M. Foville sortit du silence prudent qu'il avait gardé
depuis sa première visite déjà mentionnée. Il me parla de l'Unité linguistique. « Docteur, lui dis-je, un système philosophique sur les langues ne
« vous regarde pas ; excusez la crudité de l'expression. Je ne veux point
» établir un précédent fâcheux pour les auteurs quels qu'ils soient ; ou

» bien ils seront obligés de venir à Charenton pour vous soumettre leurs
» œuvres et savoir de votre bouche si elles ne sont point entachées d'er-
» reurs ou de *folie*. Acceptez-vous cet excès de ridicule? Néanmoins, si
» vous insistez, je veux bien, sous toutes réserves, vous démontrer mathé-
» matiquement, en peu de mots, la vérité de mon système. Voici donc la
» proposition incontestée, incontestable : Un auteur met *logiquement* son
» nom sur son œuvre; or il n'y a qu'un auteur en principe, donc il
» n'existe qu'une œuvre en conséquence, qui ne demande qu'un *verbe* pour
» son expression. — Je ne comprends pas très bien, me disait-il. — Cela
» ne m'étonne pas, Docteur, vous n'avez pas étudié la matière; d'ailleurs
» n'êtes-vous pas juge et partie, un peu intéressé à trouver que j'ai tort?
» Votre position est assez délicate. Toutefois, je vais être plus clair : Que
» voyons-nous dans la création? Des *effets*, qui supposent et proclament né-
» cessairement une *cause*. Donc, de la part de Dieu, ou de la part de
» l'homme, nous n'apercevons toujours que l'idée de *cause;* c'est donc cette
» idée unique qui nous frappe sans cesse; c'est donc cette idée que la
» création première ou seconde parle à nos oreilles où à nos yeux; il n'y a
» donc qu'un *verbe* pour exprimer l'idée unique de *cause*. Il y a donc *unité*
» de linguistique chez l'homme, aussi bien que dans la création. En effet,
» continuais-je, tout est fondé sur le principe trinitaire, père, fils, relation.
» C'est la seule vérité qui existe, la seule vérité possible jusque dans les
» hypothèses le. plus hardies, tant qu'elles ne s'écartent pas de la *logique*.
» Pour se trouver en dehors de la trinité, fondement essentiel, inévitabl
» de l'existence, il faudrait qu'un *être* ne fût ni *principe* ni *conséquence*.
» Essayez, Docteur, de trouver ce Phénix, et mon système croule en entier;
» j'avoue mon erreur, et je souscris à la *folie*. Vous ne répondez-pas, Doc-
» teur? Allons, parlez, combattez ma logique par une logique supérieure ;
» car ce n'est qu'à cette condition que je prétends vous céder. » Et le docteur se tenait bouche close, ce qu'il a toujours fait et avec raison.

» D'autres fois, simplifiant la question, je disais au docteur : « Supposez
» que vous êtes l'auteur de tout, quel nom permettrez-vous à côté du vôtre?
» Evidemment aucun. Vous exigerez pour vous, pour vos œuvres, l'*unité du*
» *verbe*, de peur de vous dessaisir de vos droits sur elles, et de les détour-
» ner de leur *fin* qui n'est autre que vous. Pourquoi Dieu n'agirait-il pas
» de même? « — Et le docteur restait muet, ou bien il m'adressait des
compliments: « Vous avez beaucoup d'esprit; vous présentez tout cela
» avec un art infini. — Mais je n'en suis pas moins fou, n'est-ce pas, Doc-
» teur? — Je vous crois malade, disait-il, avec une inqualifiable bonhomie.
» — A quel signe? — Certes, la folie est un mal qui se traduit par le re-
» gard, par le geste, par les actes, par les paroles qui manifestent l'inco-
» hérence des idées. — Trouvez-vous en moi ombre de trace à cet égard ?»
Point de réponse. »

N'est-ce pas que voilà une page bien curieuse ? Nous n'en saurions trouver de plus topique. Elle peint Bouzeran tout entier, avec une précision, un relief qu'il serait impossible d'égaler.

L'infortuné professeur passa ses dernières années dans les conditions les plus navrantes, vivant de la commisération publique, vautrant sa folie dans les vertiges de l'ivresse, mais souriant néanmoins à son idée fixe et obsédante. De rares et vagues lueurs de raison semblaient, par instants, pénétrer dans cet esprit obscurci, et l'homme, alors, tendait visiblement à se ressaisir pendant la durée de cet éclair.

On le recherchait souvent, on l'écoutait parfois avec cette curiosité involontaire qu'inspire un mystérieux problème, et l'on n'y perdait même pas toujours son temps.

J'ai gardé du bohême dément un très vif souvenir. Je crois le voir encore, avec ses longs cheveux gris, ses traits anguleux et émaciés, ses vêtements sordides, suivi par des enfants moqueurs, auxquels il adressait des conseils pleins de sens et les recommandations les plus sages.

Que d'anecdotes variées pourraient être rassemblées sur ce détraqué longtemps populaire !

Où et comment vivait-il ?

Quand, aux heures avancées de la nuit, la fatigue triomphait de ses forces ; quand le repos s'imposait à ce corps surmené, quel asile ralliait le malheureux ? — C'était ici, là, partout et nulle part.

Longtemps, il fréquenta les caisses vides laissées, après déballage, sous les Cornières d'Agen ; puis il choisit pour retraite une grotte naturelle située vers l'angle sud-ouest du rocher de l'Ermitage, sous le pavillon de Bellevue. Ce fut pendant plusieurs années le seul refuge qu'on lui connût. On raconte qu'à cette époque il fut appelé comme témoin dans une affaire correctionnelle, et que l'huissier chargé de

signifier la citation dut, après enquête, inscrire sur son
exploit ce singulier *domicile*, et même instrumenter au seuil
de la grotte.

Un jour, le nomade crut trouver un meilleur gîte. C'était
lors de la construction du château d'eau pour l'alimentation
hydraulique de la ville, quand l'entrepreneur des travaux
approvisionnait au bas du coteau les buses de canalisation.
Redescendant, un matin, de son étrange perchoir, il remar-
qua l'ampleur et l'évidente commodité de ces tuyaux hospi-
taliers et jugea qu'il pouvait non seulement leur demander
un abri confortable, mais encore éviter désormais une ascen-
sion quotidienne que de trop abondantes libations rendaient
souvent fort laborieuses.

Bouzeran, comme Bias, portant tout avec lui, le déména-
gement ne pouvait le préoccuper ; aussi, dès la nuit suivante,
au lieu de gravir l'étroit et rapide sentier conduisant à la
grotte, se glissa-t-il, en rampant et sans hésiter, dans le
plus accessible des tubes en dépôt. Il s'y blottit en sybarite,
presque tout en entier, n'ayant guère que les pieds qui
émergeassent du nouveau logis.

L'heure était indue et l'obscurité profonde.

Peu d'instants après, un passant attardé s'arrêtait brus-
quement devant les buses ; mais il s'enfuyait bientôt sous le
coup d'une folle épouvante, en entendant surgir de l'une
d'elles une voix sépulcrale qui protestait énergiquement
contre son... excès de familiarité !... C'était Bouzeran qui,
réveillé en sursaut par une inondation insolite, vociférait
dans son étui.

Comme il n'y aurait que bien peu d'intérêt à multiplier
ces menus récits, je n'ajouterai au présent médaillon que
les quelques lignes suivantes :

Un soir d'hiver, un jeudi de l'année 1860, par un froid
très intense, Bouzeran, aviné et grelotant, se présentait aux

portes du théâtre d'Agen, où il voulait absolument pénétrer
malgré le factionnaire qui en gardait l'entrée [1]. Celui-ci, fa-
tigué de son obstination, dut finir par le repousser un peu
énergiquement. Alors le pauvre fou, se redressant de toute
sa taille, le front altier et le geste superbe, drapé dans une
majestueuse dignité, fulmina de sa voix très sonore :
« Représentant de l'armée française, ne brutalisez pas les
citoyens ! »

---

[1] Il y avait alors, et il y eut même jusqu'en 1870, un factionnaire à la porte du
théâtre, les soirs de représentation. Ce factionnaire était emprunté au poste, également
supprimé, fourni à l'Hôtel de Ville.

VIII

DERNIERS EXCENTRIQUES

Le cas de Joseph Bouzeran, exceptionnellement curieux, ne saurait trouver ici de comparaison suffisante. Les divers exemples qui pourraient être encore présentés n'offriraient rien d'assez remarquable, et je vais me borner, pour finir, à quelques notes très rapides.

Il ne me paraît guère opportun de parler de l'extravagance célèbre et lucrative de cet Agenais du xvii° siècle qui sut si bien battre monnaie avec son dévergondage laudatif, de RANGOUZE, le thuriféraire à outrance, le parasite par excellence, l'éhonté trafiquant d'une plume d'ailleurs médiocre [1]. Je préfère, dans les limites rigoureuses de mon programme, rappeler l'entreprise étrange de l'abbé RAYMOND DE FABRY (Agen, 1750-1834), dont l'excentricité se traduisit par des *Méditations sur la Révolution française rédigées en forme de Prières* (Londres, 1794, in-12).

Ecartant les singularités mystiques, lesquelles pourraient cependant fournir bien des aberrations stupéfiantes, je ne signalerai, en matière de divagations philosophiques, que les rabachages d'un pseudo-moraliste moderne, MAC-DANIEL CABANES :

— *Critique du Monde. Pensées diverses* (Agen, 1847, in-18) ; et *Pensées sur le Monde* (Ibid., 1880, in-18).

---

[1] V. sur Rangouse et ses recueils inouïs, outre l'article du t. ii de la *Bibliographie générale de l'Agenais*: Adolphe Magen, *Un Trafiquant littéraire au* xvii° *siècle* (Agen, 1853, in-8°).

C'est là un ramassis d'étonnants aphorismes, de sentences biscornues et énigmatiques dont la gloire de La Rochefoucauld n'a certes pas à prendre ombrage.

* *

Excentriques et Grotesques ne pouvaient guère, non plus, épargner le théâtre. Le passé fournirait sans peine des exemples que je néglige pour m'en tenir à deux mentions contemporaines :

— *Le Créancier en prison. Vaudeville en un acte, mêlé de couplets, représenté pour la première fois sur le Théâtre d'Agen le 4 juin 1857 ; repris le 28 janvier 1858*, par EMILE DE MASSIP (Agen, 1858, in-16 de 37 pp.)

L'auteur, né à Rodez en 1800, mort à Agen en 1875, avait été notaire à Puymirol, après avoir passé par la sous-préfecture de Castelsarrasin en 1848. A la seconde représentation de sa pièce d'affabulation ultra-puérile, il fut l'objet d'une comique ovation qu'il prit tout à fait au sérieux et qui est restée comme un des joyeux souvenirs de l'époque. L'impression du *Créancier en prison* fut même le résultat d'une malicieuse souscription organisée par quelques amis, dont l'un, spirituel avocat agenais, rédigea la préface narquoise du livret.

* *

En 1869, un ancien professeur, JEAN JAUFFREAU (Puy-l'Evêque, 1808 — Agen, 1883), voulut fêter le centenaire de Napoléon Ier par la publication d'une tragédie extraordinaire :

— *La Mort de Napoléon Ier, ou la Consécration du malheur. Tragédie en cinq actes.* — Agen, 1869, in-8° de 96 pp.

Ceci n'était, hélas ! que la fin d'une trilogie colossale, dont les deux premières parties : *La Mort du duc d'Enghien* et *La Mort de Murat,* sont heureusement restées inédites.

*
* *

La science elle-même est loin d'échapper aux burlesques entreprises des Excentriques littéraires. C'est ici, au contraire, que la folie raisonnante, la conception fantasque, la divagation maladive se donnent libre carrière.

Les grands et insolubles problèmes sur lesquels s'épuisent vainement les efforts humains tentent et passionnent fatalement les esprits d'équilibre instable. Il n'est pas, à cet égard, de limites à l'extravagance. Les rêves les plus incohérents, les spéculations les plus invraisemblables, les opinions les plus absurdes ont eu des manifestations écrites.

Le grotesque scientifique fut de tous les âges ; mais il faut reconnaître que les diverses étapes du progrès en ont considérablement atténué le caractère et la forme. Les découvertes modernes ont tant détruit de préjugés inouïs et d'idées bizarres que l'Excentrique d'autrefois ne saurait être raisonnablement considéré et traité comme celui d'aujourd'hui.

C'est au XVI° siècle que j'emprunte le premier exemple :

— *L'Œcoïatrie, laquelle contient en soy grands secrets, assavoir des remèdes qu'on peut tirer des plantes, des urines, des os, des limaçons, de la carie des bois, des vieilles tuylles et pots cassez, etc.,* par CHRISTOPHE LANDRE, médecin d'Orléans. — Nérac, impr. G. Gobert, s. d. [vers 1560], in-8° [1].

Le ridicule du titre et du contenu de ce livre est dû moins à l'initiative de l'auteur qu'à l'ignorance de son temps. Tout

---

[1] V. L'article *Landre*, au t. II, page 47 de la *Bibliographie générale de l'Agenais.*

cela est prodigieux sans doute, mais fort sérieusement écrit,
et témoigne surtout de l'état rudimentaire de la science mé-
dicale de l'époque et de l'ébahissante pharmacopée alors en
usage.

*
* *

C'est encore un auteur probablement étranger à l'Agenais
qui me fournira le second article :

— *Nouvelle Histoire et extraordinaire d'une fille qui vit encore,
du diocèse d'Agen; laquelle a vomi plusieurs horribles animaux
acatiques* (sic) *en vie et de diferente espèce : expliquée par des
raisonnemens nouveaux et phisiques* (sic), par P. MONTRESSE, mais-
tre ès Arts et docteur en Médecine de l'Université de Toulouse. —
Toulouse, impr. V⁰ de P. Rey, 1695, pet. in-12 de 14 ff. n. chiff. et 286
pp., avec une planche sur parchemin.

Il s'agit d'une jeune Agenaise âgée de vingt ans en 1690,
Marie Mercié, de la « paroisse de Saint-Avit-de-Lède, juris-
diction de La Capelle-Biron. »

Le suave docteur Montresse, sur lequel je n'ai malheureusement pas d'indications précises, disserte ici avec une
naïveté et un sérieux auxquels on voudrait bien pouvoir ne
point croire. Il ne sourcille même pas pour déclarer qu'à son
avis le cas de la fille Mercié est étranger à la possession et à
la sorcellerie !

Rien ne saurait, d'ailleurs, donner une idée exacte de la
planche qui orne le volume et qui a pour titre spécial : *Fi-
gures d'Animaux vomis en vie par une fille de vingt ans,
l'an 1690* (Fig. ı : *Salamandre deau;* fig. ıı : *Cabot
deau ;* fig. ııı : *Scarbot deau;* fig. ıv : *Crapaut deau*).

Il serait difficile, je pense, de trouver une œuvre scientifique plus singulière ; aussi me permettra-t-on d'hésiter à
présenter d'autres élucubrations qui, plus ou moins étranges

assurément, sont bien loin d'atteindre à ce degré peu commun de haute curiosité.

Je terminerai donc par deux productions pénibles de FÉLIX DUPOUY, d'Astaffort (1764-1842), un vieux brave de la Grande-Armée, que passionnaient les paradoxes mathématiques :

— *Quadrature du Cercle : Solution du problème amenée par les théories d'une Géométrie nouvelle ; Erreurs des philosophes sur les recherches de la question et sur la nature du Cercle, qui expliquent la résistance de sa Quadrature.* — Auch, impr. Roger, 1837, in-8° de 60 pp. et 2 pl.)

— *Trisection de l'Angle. Solution absolue du problème.* — Agen, impr. P. Noubel, 1839, in-8° de 16 pp. et 1 pl.)

*
* *

En clôturant cette simple étude, j'aperçois bien des lacunes plus ou moins regrettables dans ma série de *Grotesques agenais* ; mais fouiller minutieusement le monceau d'imprimés fournis par trois siècles et admettre toutes les manifestations incohérentes, tous les genres d'excentricités littéraires eût par trop dépassé un modeste programme. — J'aurais craint avec raison d'abuser, chez le lecteur, d'une patience déjà mise ainsi à une assez rude épreuve.

Il m'a paru d'ailleurs préférable à tous égards de réserver pour une série nouvelle, s'il y a lieu, les plus curieux des éléments écartés aujourd'hui.

TABLE DES MATIÈRES

IMPRIMÉ A 100 EXEMPLAIRES

A AGEN

PAR MADAME VEUVE LAMY, IMPRIMEUR,

EN MARS 1895.

EN PRÉPARATION :

Notice Historique sur la Société académique d'Agen
(1776-1895)